Virtuel Dominante

Collection de domination érotique

Erika Sanders

Virtuel Dominante

Erika Sanders
Série
Collection de domination érotique

Image de couverture: @ R23X- Pixabay, 2025

Première édition: 2025

Synopsis

Samantha est un grand programmeur informatique dont le but est de concevoir un programme de réalité virtuelle (VR) avec lequel soumettre et dominer les sujets qui l'utilisent.

A travers des programmes de piratage, il tente de localiser des jeunes sans famille et qui ont des tendances soumises et bisexuelles pour tester son invention.

Pour cette raison, il localise trois compagnons (Paul, Diana et Virginie) à qui il loue une chambre, chacun d'eux, dans sa maison.

Virtuel dominante est un roman avec un fort contenu érotique BDSM et, à son tour, un nouveau roman appartenant à la collection Erotic Domination, une série de romans à fort contenu BDSM romantique et érotique.

(Tous les personnages ont 18 ans ou plus)

Note sur l'auteure:

Erika Sanders est une écrivaine de renommée internationale, traduite dans plus de vingt langues, qui signe ses écrits les plus érotiques, loin de sa prose habituelle, de son nom de jeune fille.

Indice:

VIRTUEL DOMINANTE
ERIKA SANDERS

PREMIÈRE PARTIE

CHAPITRE 1

Dans l'une des pièces à l'étage de la maison en brique isolée et tranquille de banlieue, Samantha se regarda dans le miroir de sa chambre.

Elle portait une jupe courte, des chaussettes longues, un débardeur blanc et un soutien-gorge vert clair, bien visibles sous le haut qui compensaient parfaitement sa peau brune souple et foncée.

Ses cheveux noirs brillants étaient lâches en mèches et elle les laissait balancer librement.

Parfait.

Il ouvrit la porte de la chambre et écouta de l'autre côté de la maison.

Les seuls sons provenaient du salon, où son timide et beau colocataire Paul pouvait être entendu jouer à un jeu.

Samantha descendit les escaliers et s'assit sur le canapé confortable à côté de lui.

Votre premier objectif, ici, à votre disposition.

Son cœur a sauté un battement.

Ses caméras secrètes avaient déjà enregistré le garçon nu, en train de se masturber, même dans un petit bondage où il aimait le faire.

Elle voulait ce corps.

J'en avais même besoin.

Il avait besoin que ce soit la sienne.

Mais surtout, elle avait besoin de son esprit.

***

Elle avait attendu que les deux autres colocataires soient sortis le week-end pour tendre son piège.

Paul serait le premier véritable cas de test pour ses lunettes de réalité virtuelle très spéciales.

Sauf elle-même, bien sûr.

Samantha était un génie.

Elle avait pris soin de cacher ce fait depuis son plus jeune âge, et la mort prématurée de ses parents il y a deux ans alors qu'elle avait dix-huit ans l'avait laissée sans conseils, mais en possession d'un héritage important et d'une belle maison dans une banlieue de Manchester.

Elle avait les ressources dont elle avait besoin pour faire sien le monde; il ne manquait que quelques sujets de test.

Il avait soigneusement recruté des colocataires sans famille, peu d'amis et de fortes tendances de soumission, et les avait attirés avec des loyers bas pour des chambres dans sa belle maison.

Sa première année à l'université lui avait permis de perfectionner sa technologie expérimentale.

Maintenant, bien dans sa deuxième année, elle avait bien dépassé le cours, mais les études d'informatique et de psychologie lui ont permis d'analyser la réalité virtuelle, les suggestions, l'hypnose et tous les autres composants dont elle avait besoin, le tout sous le couvert d'une étude légitime.

Elle se demandait si d'autres comme elle avaient établi les mêmes liens, essayé les mêmes approches et comment elle pouvait les trouver.

Mais d'abord, il devait tester si la technologie fonctionnerait réellement.

***

"Je m'ennuie avec ce jeu, Paul. Veux-tu essayer autre chose?"

"Laisse-moi juste finir ce niveau."

"Mais Paul! Je m'ennuie beaucoup. S'il te plait?"

"Je..."

«S'il vous plaîtooooorr?

Elle espérait que c'était la dernière fois qu'elle avait à lui dire ça, et elle bougeait quelque chose pour qu'il puisse voir un peu plus bas son décolleté.

Cela fonctionnait tout le temps.

"Y ... Oui, bien. Que veux-tu jouer?"

"Je suis prêt à vous laisser essayer mon jeu, d'accord?"

"Quoi, vraiment? Je pensais que tu avais abandonné ça"

"J'avais juste besoin de temps pour obtenir la version bêta correcte. Vous me connaissez, je suis un perfectionniste typique."

"Vous pourriez être accusé de ça, oui."

"N'allez pas trop loin. Montons à l'étage, les lunettes sont là."

***

Samantha fit asseoir Paul sur le bord de son lit de chêne bien construit au milieu de sa chambre spartiate, tandis qu'elle enlevait ses lunettes.

Elle était contente qu'il abandonne si facilement.

Cela correspondait au profil qu'il avait d'être à l'aise dominé par des femmes confiantes comme elle.

Pas pour la première fois, elle a jeté un coup d'œil et admiré son corps, le physique d'un nageur légèrement tonique, avec de beaux bras et un cou fin.

Les cheveux courts, pourraient le faire pousser un peu, et grand, mais pas trop grand.

Un bon ajustement pour la place de votre premier esclave.

***

Il a démarré le puissant ordinateur de bureau qu'il utilisait pour la conception et la programmation de jeux, et a remis à Paul les lunettes de réalité virtuelle à enfiler.

Puis quelques contrôleurs de mouvement pour lui de tenir - ils étaient de sa propre conception.

Il semblait prêt et disposé et elle sentit la sueur commencer à couler de son front.

C'était vraiment ça.

Il n'y a pas de retour en arrière.

«Commencez par suivre le maître des énigmes, c'est moi, et faites ce qu'elle dit. Je vais surveiller à partir d'ici. Dites-moi ce que vous pensez au fur et à mesure.

Paul hocha la tête, souriant et enthousiaste, et Samantha chargea le programme.

Il ne voulait vraiment rien de plus que de tout débrancher à cet instant, de maintenir Paul, de le menotter à son lit, de retirer ses vêtements et de se chevaucher jusqu'à ce qu'il soit épuisé.

Même lui pourrait le gâcher si elle le lui demandait, mais ce n'était pas le but.

Elle a laissé passer l'image mentale.

Il y a suffisamment de temps pour cela si cela fonctionne.

***

Samantha ne s'est jamais demandé si c'était la bonne chose à faire.

Elle avait testé les lunettes sur elle-même, les programmant pour renforcer la vision qu'elle était un être supérieur et que les autres devraient la suivre.

Cela l'avait libérée de ses doutes.

Maintenant, il était libre de diriger des esclaves.

Mais est-ce que Paul ferait ?

***

Le programme a commencé et Samantha a regardé Paul suivre volontiers les instructions du professeur de puzzle.

Il était seul, tout en rose, là dans son lit, faisant ce qu'elle lui disait de faire du virtuel.

Samantha sentit la chaleur dans son aine.

Son avatar a guidé le garçon à travers des tâches simples: faire correspondre des blocs de puzzle, des équations mathématiques de base, et a continué à l'instruire, ajoutant plus de mouvements et plus de complexité, et donnant plus d'éloges pour chaque puzzle qu'il résolvait.

C'était un bon mathématicien, c'était son titre, et cela se voyait, même si une fois qu'elle l'avait asservi, elle prévoyait de le mettre sur une autre voie.

"Il y a parfois des problèmes graphiques," dit Paul, "dois-je arrêter ?"

"Non! Je veux dire, je le vois, ça m'aiderait vraiment si vous continuiez. S'il vous plaît ?"

"Bien sûr! Le spectacle est génial. J'ai juste pensé que vous voudriez peut-être le réparer."

"J'ai besoin de plus de données, continuez aussi longtemps que vous le pouvez."

Paul hocha simplement la tête.

Les échecs faisaient partie du programme de Samantha, conçu pour jouer avec les centres de récompense et de motivation du sujet, les ouvrant à de nouvelles entrées.

Toutes les nouvelles entrées étaient destinées à Samantha, et un problème différent a déclenché un coup de dopamine.

Il essayait, en substance, d'amener le garçon accro à suivre ses ordres, mais les implications étaient bien plus profondes que cela.

À lui seul, il pensait que ce que faisaient les lunettes pouvait être suffisant pour ses objectifs lors d'une pose lente d'environ un an, à condition que cela se répète tous les jours.

Il n'avait pas beaucoup de temps, car il voulait un esclave maintenant.

En fait, elle était une déesse.

Elle méritait maintenant un esclave.

Elle a dit à Paul d'aller de l'avant et lui a tendu une bouteille d'une boisson énergisante sucrée pour le maintenir en vie.

Il jouait depuis seulement une demi-heure, mais il l'avala en quelques gorgées, au grand plaisir de Samantha.

Il avait pris la dose complète, sans le savoir.

Le sucre déguisait la saveur, mais l'eau était mélangée à un cocktail de drogues, certaines pour aider à ouvrir l'esprit de Paul, d'autres pour l'aider à l'apprivoiser si nécessaire.

Son dernier recours était une forte dose de rohypnol - au cas où il devrait tout lui faire oublier.

Elle lui disait qu'ils avaient couché ensemble et qu'il s'était évanoui à nouveau.

Le petit garçon croirait tout ce qu'elle lui disait.

***

Paul se tut quelques minutes plus tard et Samantha rougit d'excitation.

Elle a intensifié le programme dans la deuxième de ses trois phases, fermant les rideaux pour qu'aucun regard indiscret ne puisse voir ce qui se passerait ensuite.

Le nouvel avatar de Samantha était vêtu de cuir moulant, comme l'une de ses tenues royales.

Sexy mais pas complètement hors du commun.

Le spectacle a obligé Paul à s'allonger sur le lit et à commencer à résoudre des énigmes liées à la forme féminine.

Samantha le regarda le faire volontairement, et les problèmes techniques devinrent plus forts avec chaque nouveau problème, forçant l'esprit du garçon à se soumettre plus profondément.

Samantha a commencé à taper la commande pour passer au niveau trois, mais s'est rattrapée juste à temps.

Elle a dû attendre.

L'esprit du sujet devait être complètement ouvert avant le début du niveau trois, sinon les ordres qui changeraient sa vie toucheraient des défenses psychologiques profondément enracinées.

Pourtant, Paul était immobile et drogué, allongé sur le lit, avec ses lunettes.

Il ne pouvait pas voir quoi que ce soit que faisait Samantha dans la vraie vie, et il n'y avait aucun moyen qu'il puisse même sortir du lit, donc il pouvait faire ce qu'il voulait.

Elle a enlevé sa culotte de sous sa jupe et a commencé à se masturber librement.

***

Il a fallu une autre heure à Paul pour terminer le niveau deux.

Samantha vint silencieusement, avec des respirations prudentes, alors qu'il était allongé sur le lit, de plus en plus sensible à son contrôle.

Il a vérifié son téléphone plusieurs fois, à la recherche d'alertes des trackers qu'il avait installés sur les appareils de ses autres colocataires avertissant qu'ils arrivaient.

Les deux étaient encore à une centaine de kilomètres l'un de l'autre, visitant des camarades d'école dont ils se séparaient progressivement.

Ils n'avaient plus de famille royale, personne qui les manquerait vraiment ou ne remarquerait la différence dans leur comportement une fois qu'elle les aurait réduits en esclavage.

Elle aspirait au jour où ils n'auraient besoin que de sa compagnie, mais elle a tourné son attention vers Paul.

CHAPITRE 2

Il appuya sur le bouton du niveau 3, saisissant un pistolet paralysant importé illégalement et la seringue de rohypnol à portée de main au cas où il réagirait mal contre le nouveau niveau.

Il sursauta et gargouilla alors que son programme supprimait le dernier morceau de son endurance mentale.

Puis elle se figea dans son lit lorsque son avatar logiciel, maintenant complètement nu et complètement exact pour elle, lui dit de ne pas bouger un muscle, de ne pas cligner des yeux, ni de cligner des yeux, sauf de respirer.

***

Le niveau 3 a présenté à Paul son nouveau rôle dans la vie.

Il a été créé pour résoudre des énigmes qui ont été fusionnées en images 3D de lui-même servant Samantha, suivant ses ordres et se soumettant généralement à elle en toutes choses.

Le programme induisait un gros coup de dopamine à chaque fois qu'il terminait l'un des énigmes et commençait à introduire un élément auditif.

Cet élément lui a dit qu'elle devait lui prêter allégeance, jurer de garder son esclavage un secret absolu à moins qu'elle ne lui donne expressément la permission de le dire, jurer de la servir, jurer d'abandonner ses propres objectifs au profit de ceux qu'elle lui a donnés.

Samantha était ravie de voir l'homme nerveux et impuissant alors que les heures s'allongeaient et que les lunettes faisaient leur travail.

Son corps tremblait à chaque nouvelle poussée de soumission qu'ils lui donnaient, jusqu'à ce qu'il frissonne et soit prêt pour l'implant final.

Samantha s'approcha de lui et lui parla à l'oreille.

«Tant que vous me servez fidèlement et bien, votre cœur sera heureux et votre esprit sera complet. Vous êtes maintenant ma propriété. Je suis le propriétaire de votre corps, de votre esprit, de votre âme et de tout ce que vous avez. Je suis le propriétaire de tout ce que vous êtes et de tout. ce que vous serez. Détendez-vous dans mon service. Détendez-vous dans ma propriété. Détendez-vous dans votre vraie nature, en tant qu'esclave. Détendez-vous, détendez-vous, détendez-moi. Donne-moi le contrôle. Détends-toi. Tu es maintenant mon esclave. Votre seul but dans la vie est de me servir. " .

«Maintenant, je suis votre esclave», dit Paul.

Samantha sourit, son cœur débordant de victoire.

Le pouvoir avait pulsé à travers elle, une charge électrique qui a mis son corps sur le bord, des picotements.

«Paul, enlève tes lunettes et lève-toi sur le sol où je montre du doigt.

"Oui, déesse," répondit-il.

Et Samantha était ravie de l'entendre utiliser le titre correct.

«Enlève tes vêtements», dit-il.

Paul trembla en le faisant, ce qui aurait pu être la peur de son asservissement, ou cela aurait pu être un signe de résistance.

Samantha avait le pistolet paralysant en main au cas où quelque chose n'allait pas, et elle tremblait d'adrénaline alors que le garçon se déshabillait complètement.

Il avait l'air encore mieux nu - mince et en forme, avec une belle bite et des boules de taille moyenne qui auraient fière allure dans n'importe quelle tenue ou simplement exposées.

Elle devrait le laisser garder ses poils pour le moment, du moins jusqu'à ce qu'il asservisse les autres colocataires ...

«Exposez la première position», dit-il.

Paul était debout, les pieds écartés et les mains derrière le dos, regardant avec confiance sa nouvelle déesse, mais tremblant toujours.

Elle ronronna à son obéissance.

Sa capacité à pourvoir le poste était un grand signe: il avait absorbé les instructions détaillées du programme.

Samantha se rapprocha un peu, puis un peu plus près, guettant les signes de violence ou de désobéissance.

Vraiment, le garçon esclave était encore si haut qu'il pouvait à peine résister.

Et ça tremblait encore un peu.

Samantha renifla, renifla.

La programmation l'avait fait transpirer sur le lit.

«Exposez la position quatre», dit-il.

Il se laissa tomber au sol et s'éloigna d'elle, puis leva ses fesses en l'air et le lui présenta en tremblant.

Elle n'avait pas besoin de lui pour le moment, alors elle lui ordonna de ramper dans la salle de bain comme ça et de se baigner seul.

La façon dont sa bite et ses couilles rebondissaient la faisait saliver, et elle se demandait si elle devait le faire ramper tout le week-end.

Probablement pas, il ne devrait pas pousser trop loin tant que son esprit pourrait encore résister.

***

Dans l'air chaud de la grande salle de bain propre et carrelée de blanc, elle regarda l'esclave se baigner et emporter l'horrible odeur de sueur.

Et quand il l'a félicité pour avoir fait du bon travail, il lui a semblé que le sourire était réel et sincère, un véritable esclave qui avoue l'approbation de sa déesse.

Samantha était devenue de plus en plus mouillée en inspectant sa propriété, et maintenant elle ne pouvait plus attendre.

"Esclave, dans ma chambre, par derrière, au lit."

«Oui, déesse.

Il a continué à ramper sans qu'on le lui dise.

L'esprit rationnel de Samantha a souligné que c'était un bon signe, un signe qu'elle avait toujours été une soumise naturelle et que c'était de là que tout venait.

Une fois qu'elle l'a mis au lit, elle a enchaîné ses bras et ses jambes au solide cadre de lit en chêne, puis a enlevé sa jupe, mais a gardé le reste de sa tenue.

Elle pensait qu'il avait l'air déçu, mais cela n'avait pas d'importance.

L'opinion d'un esclave n'était pas à l'étude.

Samantha sauta sur le lit et se percha sur son nouveau jouet, debout, les jambes écartées, juste sur son visage.

Elle avait peur qu'il puisse la mordre, alors elle est sortie du lit et a sorti un bâillon d'une table d'appoint, dans un tiroir qu'elle avait l'habitude de garder fermé.

Elle a attaché le bâillon à son visage et l'a léché.

Il était vraiment impuissant maintenant, mais cela ne ferait pas de mal de renforcer son autorité.

«Esclave Paul, je peux faire tout ce que je veux avec toi. Je vais m'asseoir sur ton visage et tu vas me faire jouir, courir et courir. Toute résistance et je fouetterai et torturerai dans tes liens. Si tu essaies de me mordre, je posterai des photos de toi ligoté. et impuissant sur Internet, et je ferai en sorte que tous ceux que vous rencontrerez puissent les voir. Cependant, si vous obéissez avec enthousiasme, je vous donnerai une récompense. Je sais que vous y aspirez. "

Avec le cou de Paul tendu pour essayer d'atteindre sa chatte, Samantha marcha à nouveau sur lui et planta ses fesses rondes juteuses sur son visage.

Sa langue frappa largement la fente, alors elle lui parla de ce qu'elle voulait.

Quand elle l'a amenée à avoir un modèle amide de haut en bas, elle a pu se détendre davantage.

Avec l'anneau bâillonné, il n'y avait presque aucune chance qu'il puisse mordre, mais la désobéissance semblait être la chose la plus éloignée de son esprit.

Sa langue caressa son clitoris, son vagin et son anus à parts égales.

Samantha s'est excitée et a laissé le plaisir la submerger.

***

Elle avait été inquiète, très inquiète, que cela se passe mal, de ruiner la vie de Paul, de sa vie, de se faire prendre, que son invention ne fonctionne pas comme prévu.

Elle avait vraiment toujours réussi les tests.

Tester l'appareil sur elle-même, pour enlever le dernier de son esprit non dominant, avait été un grand succès, et maintenant, la voilà, chevauchant le visage de sa propre possession humaine.

Il lécha comme il était commandé, sans déviations, sans surprises.

Sans un libre arbitre.

Sa seule crainte maintenant était qu'elle l'ait laissé trop abasourdi.

***

Samantha haleta.

Elle était une déesse et voici son fidèle esclave.

Son jus couvrait son visage et sa langue remplissait son devoir habile.

Elle s'aplatit encore un peu sur lui, l'étouffant, alors il dut prendre une profonde inspiration à travers son sexe, et la sensation de l'air entrant et sortant la rapprocha du bord.

Elle pourrait entraîner ce garçon à faire ce qu'il voulait, et avec le temps, il apprendrait toutes sortes de façons de plaire.

Mais maintenant ...

Mais maintenant ...

Oh!

Elle vint brutalement et soudainement, et le garçon esclave bégaya alors que son orgasme déesse remplissait sa bouche et menaçait de lui couper complètement l'air.

***

Samantha bougea légèrement et le laissa respirer, mais elle insista pour qu'il continue à lécher alors que l'orgasme palpitait et traversait son corps.

Il n'hésita jamais à obéir, et elle eut la merveilleuse sensation d'une langue qu'elle possédait, attachée à un garçon qu'elle possédait, qui la souleva au-dessus de la tension qu'elle avait ressentie toute la semaine et la plongea dans un pur plaisir.

C'était le paradis de la domination.

Ses yeux croisèrent la bite du garçon qui se tortillait, et elle le regarda devenir de plus en plus dur alors que cela rendait son visage de plus en plus mouillé.

C'était vraiment très naturel.

***

Samantha a décidé de rester assise sur son nouveau trône alors que le point culminant se dissipait.

Son esclave n'a jamais cessé de se lécher, et bientôt il sentit les premiers signes d'un autre orgasme commencer à se développer.

Sa peau piquait, et elle sentit le sang affluer dans tous les endroits piquants qui signifiait qu'elle était vraiment excitée.

Cela reviendrait très bientôt!

La langue de l'esclave a continué à prêter attention à tous ses endroits les plus intimes, jusqu'à ce qu'elle lui ordonne de se concentrer sur son clitoris et hurle un autre orgasme alors qu'elle maintenait sa tête en place et le martelait.

La nouvelle maîtresse est descendue de son esclave après avoir accordé un peu plus d'attention à son anus, puis s'est allongée à côté de lui et a attrapé sa bite dure comme du roc.

Elle enleva le bâillon et regarda sa mâchoire reprendre vie.

Puis il caressa paresseusement son pénis et le garçon se tordit et se tordit alors que sa déesse jouait.

Elle savait ce qu'elle faisait, alors elle prit son temps et laissa le garçon se rapprocher de l'apogée à quelques reprises, mais recula à la dernière seconde.

Quand il a eu faim et désespéré, il a lancé son piège.

«Tu peux venir si tu jures ta loyauté éternelle en tant que mon esclave et que tu la demandes comme récompense. D'accord?

«Oui, déesse.

"Demandez alors."

«P- p- s'il te plait, d- d- laisse-moi jouir d- d- déesse, et je te jure ma fidélité éternelle en tant que ton- ton esclave.

"Bon garçon!"

Samantha lui fit jurer quelques fois de plus juste pour s'amuser, puis elle attrapa sa bite et commença à la secouer de plus en plus vite.

Le garçon haleta à la soudaine augmentation d'intensité, et Samantha le vit essayer de respirer et entendit l'orgasme se retenir.

Elle lui a ordonné d'arrêter de faire cela et a rapidement modifié l'ordre en précisant qu'elle avait l'intention d'arrêter de se retenir, car il avait complètement cessé de respirer.

Elle l'a peut-être rendu trop docile, mais un petit ajustement du programme pourrait y remédier.

Ses yeux s'écarquillèrent alors que la bite de Paul giclait dans l'air et se répandait sur leurs deux corps, le divertissant en lui faisant lécher son doigt.

***

Il lui a donné autant de cuillères à soupe de sperme qu'il a pu trouver, puis a vérifié ses chaînes, lui a donné plus d'eau droguée et a remis ses lunettes VR pour terminer le niveau trois.

Avec le garçon impuissant au lit en toute sécurité, buvant plus de messages subliminaux et d'hypnose, il s'assit à son bureau et commença à planifier ses prochains mouvements.

CHAPITRE 3

Elle avait un long week-end à faire: samedi ne faisait que commencer, et Diana et Virginia n'étaient pas censées revenir avant dimanche soir.

Diana, je la réserverais jusqu'à la fin.

Il avait une idée approximative de la façon de rentrer cette fille aux cheveux ondulés bruns dans ses lunettes, mais elle se dit qu'elle aurait besoin de Virginie pour la séduire pour essayer, peut-être pour se rapprocher de la fille qu'elle désirait.

Samantha savait que la courbée Diana était folle de la fille mince et androgyne Virginia, et elle ne pouvait pas la blâmer.

Un petit piratage dans son ordinateur avait révélé la bisexualité de Diana, et cela la rendait parfaite pour être l'esclave de Samantha.

Elle avait sélectionné tous ses colocataires sur cette base: elle espérait qu'ils étaient tous en rappel, comme elle.

Mais ce n'est que de Virginie, la belle Virginie, qu'elle en était sûre.

Samantha devait ensuite asservir Virginia.

Dans quelques semaines, une opportunité se présenterait, lorsqu'elle apprend que Diana serait de nouveau absente, rendant visite à des amis chez elle.

Avec Paul sous son contrôle, il pourrait lui ordonner de commencer à jouer avec les lunettes sans avertissement et intéresser Virginie.

Il pensait qu'il la laisserait essayer ses lunettes pour lui donner l'impression qu'il donnait à Virginia quelque chose à discuter avec lui, et une fois qu'elle serait en toute sécurité asservie, il pourrait les laisser faire l'amour comme ils le voulaient secrètement.

Elle n'avait pas prévu le triangle amoureux entre ses trois colocataires, mais cela rendait les choses plus faciles.

***

La jeune déesse laissa passer deux heures de plus, puis interrogea Paul pour évaluer l'étendue de sa soumission.

Elle décida qu'elle était déjà assez satisfaite et le laissa glisser hors des chaînes, toujours avec le pistolet paralysant à portée de main, maintenant dans un étui avec une ceinture autour de sa taille.

***

Elle descendit avec Paul et après avoir fermé tous les rideaux de la maison, elle lui ordonna de commencer à nettoyer les pièces du rez-de-chaussée et de ne pas s'arrêter avant d'avoir tout terminé sur une liste qu'elle lui avait donnée.

Il y avait des heures de travail là-bas, mais Samantha avait le temps et son vibromasseur à portée de main.

Elle avait prévu de profiter du spectacle.

***

Paul tomba docilement à ses mains et à ses genoux et commença à frotter le parquet en bois dur du salon.

De là, il irait dans la cuisine attenante, puis dans la salle à manger.

C'étaient toutes des chambres agréables, claires et spacieuses, avec beaucoup de meubles, de coins et de recoins.

Un petit défi pour lui de tous les nettoyer.

Samantha gloussa alors que la bite et les couilles du garçon rebondissaient et sursautaient alors que l'esclave travaillait sur les points et les marques les plus difficiles, faisant de son mieux pour les faire sortir.

Son nouveau propriétaire avait prévu qu'il travaille jusqu'à ce que le sol soit comme neuf.

Elle s'assit sur le canapé, écarta les jambes et laissa son vibromasseur faire son travail pendant qu'elle regardait le spectacle.

Il faisait vraiment de gros efforts.

Elle rougit de fierté et de désir: son invention avait été un succès.

***

Paul se frotta et se frotta, et Samantha haleta pour un orgasme alors qu'il travaillait avec diligence.

Cela ne la dérangeait pas de la regarder furtivement.

Il verrait tout ce qu'elle avait à montrer, aussi souvent qu'elle le voulait, et jamais une seconde ce ne serait autre chose que son choix, ses règles, sa façon de faire.

Il a continué à jouir aussi longtemps qu'il a pu, puis a allumé la télévision et a mis un film.

Paul finit le plancher et alla travailler dans la petite cuisine, que Samantha pouvait voir depuis le canapé.

Elle pensait qu'elle n'avait pas l'air si sexy en train de nettoyer la cuisine, mais c'était bien.

Il devait le faire, et elle était de toute façon plus intéressée par le film à l'époque, alors elle le laissa continuer avec elle.

Une autre heure passa et le garçon nu retourna dans le salon et se mit à épousseter.

Il a éternué, comme c'est mignon, et a toussé en déterrant des mois de poussière accumulée et cela l'avait rattrapé.

Samantha a dû admettre qu'elle était impressionnée par son dévouement implanté.

Elle espérait que ses autres colocataires seraient si faciles à asservir.

***

Il se faisait tard le matin quand il remarqua que le garçon commençait à ralentir et à perdre le rythme qu'il prenait au polissage.

Elle regarda pendant quelques minutes, prenant des notes mentales, et quand elle fut sûre que le garçon n'était plus entièrement dédié à la tâche, son cœur se mit à battre.

Il prit une profonde inspiration, puis une autre, puis une autre, jusqu'à ce qu'il reprenne le contrôle total.

«Esclave, qu'est-ce que c'est? elle a demandé.

Paul laissa tomber le chiffon de polissage sans qu'on le lui dise et se tourna pour la regarder.

Samantha le regarda essayer de se relever et échouer, alors elle lui ordonna de se lever.

Il le fit et s'éloigna d'elle, dans un coin du salon.

Elle a sorti le pistolet paralysant.

"Esclave? Qu'est-ce qui ne va pas avec toi?"

"J'ai déjà n- n- n- je ne veux pas faire ça."

"Oui, tu peux, esclave."

"Oui, déesse. N- n- n- non, déesse. Samantha. Déesse. Oui. Non. Je-"

"Tais-toi".

"Y-"

«Montez et allongez-vous sur mon lit, maintenant.

"N-"

"Maintenant!"

Il l'a fait, mais elle a vu qu'il tremblait et perdait son équilibre à mesure qu'il avançait.

***

Une fois qu'il fut sur le lit, elle lui jeta le pistolet paralysant et le regarda rester immobile.

Puis elle l'a enchaîné au lit avec les jambes écartées et a réfléchi à ce qu'il fallait faire ensuite.

Elle ne craignait pas qu'il demande de l'aide, car la maison était à triple vitrage et complètement insonorisée.

Mais quelque chose n'allait pas.

CHAPITRE 4

Si elle lui faisait une injection maintenant, il l'oublierait peut-être, mais cela faisait peut-être trop longtemps que les lunettes avaient commencé à fonctionner.

Si seulement je l'avais vu auparavant, mais il n'y avait eu aucun signe du tout.

Elle pourrait utiliser les lunettes pour le guider à nouveau dans la séquence, mais essayer la même chose deux fois pourrait ne pas réussir.

Cela pourrait augmenter la dose du cocktail médicamenteux à un niveau dangereux et augmenter également l'intensité des verres.

Cela pourrait fonctionner, ou cela pourrait le tuer, ce qui serait le pire résultat qu'elle puisse imaginer.

Elle savait dans son cœur que ce garçon avait besoin d'être son esclave et vivrait une vie heureuse comme sa propriété.

"Je pensais que tu voulais être mon esclave?" murmura-t-elle à son oreille.

"Je d-" dit-il, crachant deux syllabes puis se souvenant de l'ordre de se taire.

«Tu peux parler librement, esclave», dit-il.

"Je veux être ton esclave, déesse. Je l'aime depuis que je t'ai rencontré."

"Pourquoi vous battez-vous alors? Vous êtes un soumis naturel, je suis un Domme naturel. Vous serez heureux comme ma propriété."

"J'ai honte, déesse."

"De quoi?"

Il fit une longue pause avant d'être prêt à répondre:

"D'être nu devant toi."

«Est-ce pour cela que vous résistez?

«Oui, déesse.

"Pas parce que tu ne veux pas être mon esclave?"

«Non, déesse.

«Eh bien, arrête de t'embarrasser. Je t'aime nue et je te garderai ainsi parfois. C'est mon droit en tant que propriétaire, après tout. Tu es fantastique.

"Non, je ne suis pas, déesse."

Samantha entendit la certitude dans sa voix et savait qu'il le pensait.

C'était une défense mentale qu'elle n'avait pas prévue, pas de Paul.

Il avait toujours semblé si confiant dans sa propre peau, et quand ils allaient nager ensemble, il avait toujours l'air incroyable, pas volumineux, pas maigre, vraiment juste à l'endroit idéal.

Votre sweet spot, de toute façon.

Samantha se calma et prit quelques minutes pour y réfléchir.

Son esprit coulait de la manière particulière qu'il faisait lorsqu'il devait résoudre un problème vraiment électrisant, et il a rapidement évalué ses options.

Débarrassez-vous-en: non, trop tôt pour ça.

Plus de programmation: il y avait une défense qu'il n'avait pas vue venir, donc ça ne marcherait pas dans sa forme actuelle.

Elle jouait avec l'idée de l'enfermer dans le petit studio vide qu'il possédait dans une ville à plusieurs kilomètres de là, pour l'éventualité d'un succès partiel: elle pouvait prétendre qu'il s'était enfui ou devait retourner dans sa ville natale, ou quelque chose comme ça. similaire.

Trop tôt pour cela aussi, et cela comportait des risques en soi, comme devoir désactiver ses cordes vocales et le garder en cage.

Puis l'idée la frappa.

Elle avait jusqu'à 24 heures avant le retour des autres colocataires.

Si elle commençait à coder maintenant, elle pourrait créer un nouveau programme, l'essayer et voir si cela le guérirait.

Premièrement, elle lui a posé des questions sur les autres moyens de défense qu'il pourrait avoir, les autres réserves, tout ce qui pourrait lui poser problème.

Il n'y avait rien, juste une peur écrasante d'être nu devant les autres.

Elle a laissé le garçon enchaîné au lit, mais l'a recouvert d'une couverture et est allée travailler.

CHAPITRE 5

Trois heures de sueur plus tard, après beaucoup de café et beaucoup de jurons, il avait les bases d'un programme prêt à aller avec les lunettes de réalité virtuelle et a décidé que c'était maintenant ou jamais.

Il s'assit dans son lit et prit la tête du garçon dans ses mains, puis lui fit boire une grande dose du cocktail révélateur, le gardant complaisant et ouvert toute la nuit.

Cela l'empêcherait également de bouger, mais pourrait probablement l'entraîner dans sa chambre si nécessaire, au cas où l'un des colocataires reviendrait tôt.

* * *

Elle posa les lunettes sur lui, retourna à son bureau et pressa de courir.

C'était presque le même spectacle qu'avant, sauf que maintenant, les énigmes comprenaient des photos et des vidéos qu'elle avait prises de son corps nu, avec renforcement positif, des séances photo qui le montraient nu et heureux en compagnie mixte, et une série de mantras. et des serments qui attaquaient les principales caractéristiques psychologiques d'une mauvaise image corporelle.

Il espérait que c'était suffisant, mais il aurait encore le temps de le faire sortir de la maison le matin si ce n'était pas le cas.

Samantha a gonflé un petit matelas pneumatique et l'a posé sur le sol de la chambre, puis a fermé les yeux et s'est forcée à dormir.

Il n'avait besoin que de quelques heures de sommeil et le programme était long.

C'était un autre risque calculé: vous ne pouviez pas vraiment ajuster le programme à mesure qu'il progressait, mais vous ne pouviez pas non plus suivre sa progression en temps réel.

Ce qu'elle devait faire, c'était se faire confiance que son programme fonctionnerait et ensuite évaluer les effets en quelques heures.

***

L'alarme la rattrapa un peu plus tard, trop courte, et elle gémit à l'idée de passer une journée entière avec si peu de sommeil.

Frottant la fatigue de ses yeux, il se leva et examina son nouvel esclave potentiel.

Il était complètement immobile, les lunettes toujours fermement attachées, et du grand écran dans le coin de la pièce, il pouvait voir que le programme avait presque terminé son cycle final.

Il prépara un bon café fort et le but, savourant l'arôme en regardant l'esclave terminer la dernière partie, espérait-il, de son nouveau lavage de cerveau.

Quand le spectacle fut terminé, il enleva ses lunettes et elle s'allongea à côté de son corps enchaîné sur le lit et lui caressa le visage.

"Ça vous dérange si je retire la couverture pour que nous puissions voir votre corps complètement nu, esclave?" elle a demandé.

"Je m'en fiche, déesse. S'il vous plaît, emportez-le, déesse, je veux que vous me voyiez. Tout de moi. S'il vous plaît."

Samantha éclata de rire et emporta la couverture.

Paul utilisa le peu de souplesse qu'il avait dans les chaînes et se détourna le plus possible de son regard.

Samantha a ri à nouveau et a commencé à faire courir ses mains sur ses côtés, son ventre et sa bite, puis le long de ses jambes et de nouveau vers sa bite et ses couilles, laissant sa bite se durcir entre ses mains.

"Qu'est-ce que ça fait d'être nu, esclave?"

"Déesse exceptionnelle. Je me sens tellement libérée, je veux juste rester comme ça pour toujours, ici avec toi."

"Alors tu n'as pas peur d'être nue?"

"Pourquoi la déesse l'aurait-elle? Tu me possèdes et tu m'as vu nue, alors je veux être nue pour toi."

"Et pour les autres?"

"Je veux ça aussi, déesse. Pour toi."

"C'est bien, esclave, car un jour cela arrivera bientôt."

"Oui s'il vous plaît déesse. Oui! S'il vous plaît!"

Samantha rit et se demanda si elle l'avait poussé trop loin.

Pour le tester, elle le laissa sortir des chaînes, l'emmena dans sa propre chambre de l'autre côté du couloir et lui ordonna de s'habiller.

Il l'a fait, une fois qu'elle lui avait dit exactement quoi porter, mais maintenant, s'il y avait quelque chose, il semblait mal à l'aise dans ses vêtements.

Elle lui a ordonné de cesser de s'agiter et, grâce à un entraînement minutieux, l'amènerait au point où il pourrait porter les vêtements normalement.

***

Samantha sursauta et se souvint de ce qu'elle avait oublié de faire.

Elle a couru dans sa chambre et a activé le programme de suivi sur les téléphones et ordinateurs de ses colocataires.

Elle soupira alors de soulagement quand ils montrèrent encore qu'ils étaient à des centaines de kilomètres l'un de l'autre.

Il avait encore beaucoup de temps, mais il s'est assuré que l'alerte était déclenchée quand ils ont commencé à se diriger vers Manchester.

***

Quand elle retourna dans la chambre de Paul, il se tenait exactement là où elle l'avait laissé, calme et heureux, n'attendant que ses ordres.

"Mets-toi nu et prépare-moi le petit-déjeuner, esclave. Œufs brouillés avec du pain grillé, du café et du jus d'orange. Et fais-moi quelque chose aussi. Et amène-le dans ma chambre."

«Oui, déesse! dit-il, semblant ravi d'être nu pour elle.

Il a même eu une demi-érection rebondissante en descendant les escaliers.

CHAPITRE 6

Samantha le fit s'agenouiller sur le sol pour prendre le petit déjeuner, puis passa une heure à tester la volonté du garçon de s'exposer.

Il avait pensé à cela en mangeant, tandis que ses yeux se régalaient du beau corps nu du garçon, et c'était maintenant le meilleur moment pour le goûter.

"En bas dans le salon et placez-vous dans la position d'affichage un."

«Oui, déesse!

Samantha le suivit, tenant ses caméras et un trépied, qu'elle installa pour commencer à filmer l'esclave nu.

"Esclave, dis-moi ce que ça fait d'être nu maintenant."

"Je me sens libre, déesse. Mon corps est magnifique et j'adore quand tu me regardes."

"Et si je vous filme?"

"J'aime que tu penses que je vaux la peine d'être filmé."

"Bonne réponse, esclave. Maintenant, agenouillez-vous sur le sol et masturbez-vous jusqu'à l'orgasme tout en regardant la caméra, et en répétant continuellement, 'Je suis la fière propriété nue de Samantha Gibson, et j'ai l'air incroyablement nue.'

«Oui, déesse! Je suis la propriété fière et nue de Samantha Gibson, et j'ai l'air fantastiquement nue. Je suis la fière propriété nue de Samantha Gibson, et j'ai l'air fantastiquement nue. Je suis le domaine fier et nu de Samantha Gibson, et j'ai l'air fantastique nu. Je suis le domaine fier et nu de Samantha Gibson, et j'ai l'air fantastique nu ... "

Samantha a braqué les caméras sur le garçon, puis a enlevé ses sous-vêtements et s'est jointe à la frénésie du plaisir menant à un orgasme joyeux et flottant alors qu'elle fixait l'esclave.

Elle avait l'air si douce et heureuse, pas une trace de l'embarras de la veille, et tous les signes étaient positifs.

Il est venu énormément aussi, lançant des liasses de sperme partout dans le salon, que son nouveau propriétaire lui a fait nettoyer à fond pendant qu'elle essayait de réprimer son rire et se masturbait.

Elle était aux anges quand il a vu le côté drôle aussi.

Cela a semblé fermer le problème.

Elle garderait un œil sur lui pour le reste de la journée, mais était certaine que le lavage de cerveau avait pleinement fonctionné cette fois.

***

"Lève-toi, esclave. Allons prendre un bain dans la salle de bain. Oh, avant que j'oublie. Citron, Dé à Coudre, Soie." Le visage de Paul devint vide et ses yeux se vitrèrent sur la série de mots-clés de conditionnement. , "Coq flasque jusqu'à ce que je vous dise le contraire. Citron, Dé à Coudre, Soie. Désormais, je suis en plein contrôle de votre bite, comme il sied au fait que je le possède. Je vous permettrai de le soulever, mais seulement quand dis-je. Ce sera plus efficace que la cage de chasteté, et complètement immatériel aussi. "

"Merci déesse," dit Paul.

***

L'eau du bain était parfaite et Samantha a été touchée par le contact attentif de son esclave.

Il lui accorda toute son attention et elle se détendit dans son corps alors qu'elle s'appuyait contre lui, le laissant masser la tension qui s'était accumulée au cours de la journée intense et stressante qu'il lui avait fallu pour l'asservir.

C'était tout ce qu'il avait toujours voulu, et il se demandait si cela suffirait à l'asservir.

Elle pourrait l'épouser, abandonner ses colocataires et vivre heureuse pour toujours.

Mais non.

Il avait besoin d'un esclave, au moins, et l'idée de posséder deux filles capables de baiser pour son plaisir était trop délicieuse pour la laisser passer.

Cela devait être tous.

Vous pourriez même en ajouter une ou deux à l'avenir, même si vous auriez besoin d'une maison plus grande.

Et elle avait un plan directeur, qui dépendait de l'acquisition de personnes possédant les bonnes compétences.

Ses autres colocataires étudiaient la médecine et la biochimie, et elle en avait besoin pour vraiment mener à bien son plan d'affaires sur l'esclavage.

CHAPITRE 7

Les mains de Paul l'ont ramenée au moment présent.

Elle les a conduits à son sexe et comme elle s'est appuyée contre sa poitrine.

Ses doigts faisaient leur boulot sous l'eau, où ils caressaient son clitoris et commençaient à la faire haleter.

Samantha a imaginé un avenir où elle pourrait avoir cela tous les jours.

Oh mon Dieu, il était bon dans ce domaine maintenant, et en quelque sorte connecté à son corps d'une manière qui ne s'était pas produite la veille.

Il la tint même au bord de l'apogée pendant un moment, ce qu'elle ne lui avait même pas dit qu'elle voulait, avant de la repousser et de la faire hurler avec un élan de plaisir.

Le conditionnement a tenu, et elle a estimé qu'il ne pouvait pas devenir dur même quand il lui plaisait.

Elle sourit à cela.

"Esclave, sortez, séchez-vous, puis séchez-moi."

«Oui, déesse.

Quand il est sorti, elle a tendu la main et a secoué sa bite molle et a ri.

C'était complètement lisse, et elle rougit d'un cramoisi brillant.

Elle se délecta de la sensation d'un homme obéissant séchant son corps succulent et fut satisfaite qu'il le fasse parfaitement, avec une intensité qui semblait s'ajouter à tout ce qu'il faisait pour elle.

Puis il le ramena dans la chambre et le mit à quatre pattes.

Elle est descendue, toujours nue, et a pris les caméras.

Elle les a ramenés et les a installés.

Après un autre examen des emplacements de ses colocataires, elle a commencé à allumer les caméras et a cherché son plus petit gode.

"Ce ne sont que les préliminaires, esclave."

Elle l'a assis sur le lit, lubrifié le gode et a été impressionnée par la façon dont l'esclave a réagi quand il l'a poussé en lui sans avertissement.

Il n'a même pas essayé de s'éloigner d'elle.

Obéissance totale, comme programmé.

Ses mains se refermèrent autour de ses fortes hanches et elle laissa chaque poussée pénétrer profondément en lui, et elle le retint là avant de se retirer et de le frapper à nouveau.

Elle a utilisé les mots de conditionnement pour le laisser devenir dur à nouveau, puis lui a parlé des paramètres de sa nouvelle vie.

"Esclave, parlons-en pendant ... on jouit ... on baise. Tu seras ma propriété jusqu'au jour de ta mort. Plus tard dans la journée, je prendrai le contrôle de ta vie. Tu me donneras accès à tes comptes bancaires et tu me transféreras tout ton argent. Je n'en ai pas besoin, je veux juste contrôler la vôtre, je vais vous donner une allocation pour que vous puissiez dépenser un peu d'argent.

"Soit vous m'épouserez, soit vous signerez une procuration pour moi, mais à partir de maintenant je gérerai votre vie. Sauf si je révoque cet ordre, vous devez agir en présence des autres d'une manière qui ne révèle jamais que nous sommes impliqués, que je suis votre déesse, ou votre propriétaire, ou que je suis autre chose que votre colocataire et ami. Ne m'adressez à moi en tant que «déesse» que lorsque vous êtes sûr que personne d'autre ne peut entendre et que je vous ai explicitement ordonné de passer en mode esclave. Je changerai cet ordre un une fois, j'ai asservi plus de gens.

«J'aime ton nom et tu peux le garder, mais je vais aussi te donner un nom d'esclave: Mari de la maison. Demain tu iras à l'université et tu abandonneras officiellement ton diplôme de mathématiques. Ensuite, à la place, tu postuleras pour étudier. l'art et le design - je paierai et je vous dirai où postuler. Je sais que c'est ce que vous avez toujours voulu étudier, et j'ai besoin de ces compétences plus que des mathématiques, donc cela fonctionne pour nous deux. "

"Merci, déesse!" répondit son esclave.

"Bon garçon, mari de la maison. Comme votre nouveau nom l'indique, vous passerez désormais beaucoup plus de temps dans la maison pour répondre à mes besoins. Pour commencer, vous ne le ferez que lorsque nos colocataires seront absents et ne seront pas obligés de revenir pour le moins d'une demi-heure. Une fois qu'ils seront réduits en esclavage, vous pouvez aussi être le mari de la maison pour tous. Nous serons tous plus occupés à étudier et à travailler que vous. "

"Oui déesse! Merci déesse!"

"Oh bon garçon. Tellement impatient! Comme tu aimes te faire enculer, non, esclave?"

"J'adore ta bite dans mon cul, déesse. Ça fait mal quand même."

"Cela passera, esclave. Respire et profite."

«Oui, déesse.

"Tu vas prendre des bites bien plus grosses que ça une fois que je t'aurai bien allongé."

"Merci, déesse!"

Samantha s'est concentrée sur la baise de son esclave.

C'était un autre bon test pour savoir s'il était vraiment le sien, mais en vérité, il n'y avait plus de doute.

J'étais sur?

Elle devait être très, très en sécurité et ne pas se laisser emporter.

Mais elle était épuisée et elle pouvait sentir que son corps était sur le point d'abandonner, alors qu'elle faisait face à une limite biologique normale après l'un des jours les plus intenses de sa vie.

Elle a continué à baiser parce que son esclave en avait besoin et elle aussi, mais au moins elle avait besoin de se reposer.

***

Le gode a continué jusqu'à ce que son esclave grogne de vrai plaisir, et elle lui a fait la toucher d'une main pour jouir pendant qu'elle était en lui.

Elle voulait qu'il associe le plaisir à l'obéissance, et c'était l'un des meilleurs moyens.

Elle s'est accrochée à ses hanches et lui a giflé le cul, et elle s'est forcée à lutter contre la fatigue et à continuer jusqu'à ce qu'il atteigne son apogée.

Le soulagement se répandit quand il le fit, et elle le mit pied à terre et laissa le gode toucher le sol.

CHAPITRE 8

La nouvelle propriétaire de l'esclave a récupéré son téléphone et a vérifié les allées et venues de ses colocataires.

Ils ne rentraient pas encore, mais ils devraient commencer bientôt.

Elle avait encore du temps.

L'alarme la réveillerait quand l'un d'eux s'approchait définitivement de Manchester.

Il ordonna à Paul de se laisser tomber par terre et de s'allonger sur le devant où il avait été, appréciant la sensation de son sperme collant sur les draps, puis il lui écarta les jambes.

"Esclave, lèche mon cul jusqu'à ce que je m'endorme."

«Oui, déesse.

Il y avait quelque chose de spécial dans la façon dont Paul la léchait là-bas.

Elle avait un gros cul et elle le savait, et elle avait l'impression qu'il voulait l'adorer autant qu'elle voulait être adorée.

C'était un couple prédestiné à se rencontrer, ou du moins un couple renaissant.

Sa langue devint plus adroite en réponse aux petits coups de pied, gémissements et grognements de Samantha, et elle le sentit expérimenter jusqu'à ce qu'il trouve le bon moyen de la détendre.

Elle s'est endormie, une déesse heureuse.

***

Et elle s'est réveillée en sursaut.

Il pouvait entendre la voix de Diana en dessous, claire comme une cloche.

Elle a sauté de son lit et a cherché Paul.

Il n'y avait aucun signe de lui.

Puis sa voix, aussi basse.

Merde.

Était-ce la fin?

Lui disait-il en ce moment ce qu'elle lui avait fait?

Que devrait-elle faire?

Il a mis un jean et une chemise ample qui lui ont permis de cacher le pistolet paralysant à sa taille sans le montrer.

Puis il ouvrit la porte de la chambre pour écouter.

«Et c'est à ce moment-là qu'il m'a pris mon téléphone et est parti sur le scooter. Mon putain de téléphone! Je n'ai pas les moyens d'en acheter un autre! il entendit Diana crier.

"Ça ira, Diana," entendit-elle Paul dire, "on peut t'en trouver un autre. On peut t'offrir un plan de versement ou quelque chose comme ça. Hé, ça va. C'est bien."

"Et mon ordinateur portable a été vraiment bizarre aussi. Pensez-vous qu'il pourrait avoir un virus?"

«Demandons à Samantha quand elle est réveillée.

Samantha entra dans le salon et trouva un Paul entièrement habillé assis en train de parler à Diana, alors que le soleil de l'après-midi passait à travers la fenêtre.

Il n'a vu aucun signe que quelque chose n'allait pas, et quand Diana lui a raconté l'histoire du vol de son téléphone, il s'est rendu compte pourquoi il n'avait jamais semblé qu'il revenait en ville.

Elle a donné à Diana un vieux téléphone de son tiroir technologique, et quand la fille l'a serrée dans ses bras, c'est ce que Samantha l'a laissée faire pour résister à ordonner à Paul de l'épingler juste là pour qu'elle puisse essayer de l'asservir tout de suite.

Samantha laissa la tension s'échapper et Paul lui fit un clin d'œil.

C'était vraiment tout à elle maintenant.

DEUXIÈME PARTIE

CHAPITRE 9

Samantha s'est réveillée tôt et est descendue pour préparer son propre petit-déjeuner.

Elle aspirait au jour où Paul, son parfait mari à la maison, préparerait tous ses repas pour elle, mais elle devait garder le contrôle.

Elle l'avait envoyé dans son bureau secret dans une autre ville, pour préparer le week-end où Diana serait absente.

Dans la cuisine, Samantha fut surprise de trouver Virginia déjà debout et préparant le petit déjeuner.

Si elle avait des projets que Samantha ignorait, ce serait une complication.

"Salut chérie," dit Samantha, "c'est un début de journée très tôt pour toi, hein?"

"Oh totalement, mais j'ai une répétition générale à terminer et j'ai vraiment besoin de passer du temps au gymnase aussi."

"Je pensais que tu avais déjà tout fini"

"Moi aussi! Mais j'ai fait une erreur depuis le début et maintenant je dois tout réécrire, mais je suis vraiment stressé donc je vais d'abord au gymnase. Je vais tout brûler, tu sais, j'ai vraiment besoin de brûler de l'énergie."

"Alors tu ne peux pas passer le week-end avec moi?" L'interrompit Samantha.

"Oh mon Dieu Samantha, je suis vraiment désolée. J'ai oublié que nous avions des plans. Oh merde ..." Virginia s'interrompit.

«D'accord chérie, d'accord! Dis-moi quoi, je t'emmène au gymnase, nous pouvons nous entraîner ensemble, et je te ramènerai, et te garderai complètement caféiné et nourri aujourd'hui pendant que tu travailles sur cette répétition, d'accord?

"Oh mon Dieu, tu es la meilleure! Mais vraiment, je suis vraiment désolée. Je voulais tellement être un 'week-end avec toi' fille, mais ça m'a juste enlevé."

"D'accord ouais? C'est dommage cependant, j'allais vous montrer mon nouveau jeu auquel Paul est vraiment devenu accro."

"Oh qu'est-ce que c'est?" Virginia dit, soudainement concentrée sur Samantha à la mention du nom de Paul.

"C'est un jeu de puzzle que j'ai créé. Je veux dire, je ne sais pas si tu l'aimerais aussi. Il y a beaucoup de trucs scientifiques, si tu l'essayes pourrais-tu me dire si tout va bien? Cependant, c'était bien qu'il l'essaie ... Il m'a beaucoup aidé à peaufiner diverses erreurs et nous a vraiment donné quelque chose à dire. Il peut être très timide, non? "

"C'est très difficile de le faire parler!"

"Très difficile. Cependant, c'est un bon auditeur."

"Oh oui! Je n'ai jamais rencontré un gars qui écoute si attentivement."

"Peut-être que si vous terminez votre essai plus tôt, vous pourriez essayer le jeu?"

"Mmmm, je suppose?"

"Ou pourrions-nous attendre pour l'essayer jusqu'à ce que vous ayez besoin d'une pause?"

"Oh ouais, ça pourrait marcher!"

"Nous en reparlerons plus tard."

"Oui!"

CHAPITRE 10

Samantha regarda Virginia prendre son petit déjeuner rapidement et elle mangea le sien tout aussi rapidement.

Ils ont ensuite pris leurs sacs de sport et Samantha les a transportés tous les deux là-bas.

Samantha avait couru plusieurs fois dans son quartier avec Virginia, mais elle n'était jamais allée au gymnase avec Virginia auparavant.

Ils avaient décidé de prendre un bain rapide puis de visiter le sauna avant de se précipiter chez eux pour demander à Virginia de travailler sur son essai.

***

Dans le vestiaire, Virginia a surpris Samantha en se déshabillant complètement devant elle sans arrière-pensée, et Samantha a décidé de jouer le jeu en se déshabillant également.

Elle savait qu'elle avait le corps d'une déesse, et elle prit son temps entre finir de se déshabiller et enfiler son bikini, bavarder avec désinvolture avec Virginia et prendre note des regards furtifs que Virginia lui lançait.

C'était bon signe.

Samantha avait été attirée par la Virginie dans le passé, mais elle n'avait jamais su à quel point elle était forte.

Nager avec Virginia a confirmé les soupçons de Samantha.

La fille était folle d'elle et de Paul.

Samantha a bavardé et ri avec Virginia à la piscine, et Samantha s'est assurée de laisser Virginia voir ses meilleures poses et a même donné à Virginia des indices physiques qu'elle pourrait aussi être en elle.

Samantha a nagé devant Virginia pour que Virginie ait une vue magnifique sur ses fesses parfaites, et à sa grande joie, Virginia a continué à suggérer quelques tours de plus, mais a insisté pour que Samantha donne le rythme en allant en premier.

***

Dans le sauna, Samantha a félicité Virginia pour sa belle coupe de cheveux de lutin et la façon dont son maillot de bain correspondait à son teint.

Virginia retourna chacun des compliments en les touchant et en se brossant les dents, alors Samantha était absolument certaine que Virginia devenait chaude et agitée.

L'esprit de Samantha avait traité et planifié à une vitesse fulgurante alors qu'elle nageait, et elle pouvait voir différentes façons d'avancer.

"Eh bien," dit Samantha, "je suppose que vous devez vraiment rentrer chez vous et continuer cette répétition, non?"

"Oh mon Dieu, je sais. Je suis vraiment désolé de gâcher notre week-end."

"Ne sois pas désolé chérie, on peut encore passer du temps ensemble. C'était un bon bain. On va aux douches?"

"Oui!" Virginia claqua.

***

Samantha conduisit Virginia hors de la piscine et retourna au vestiaire, restant un peu plus loin pour que Virginia puisse avoir une bonne vue du beau cul rond de Samantha.

Samantha se déshabilla et sortit la serviette de son casier, puis se dirigea vers les douches ouvertes pour voir si Virginia la suivrait.

Le cœur de la future Maîtresse battait la chamade alors qu'elle attendait de voir ce que ferait Virginie, et lorsqu'elle entra dans la douche, ils furent accueillis avec de grands sourires et des regards de plus en plus évidents.

Samantha a pris son temps à se doucher, et Virginia aussi.

Ils ont discuté de ceci et de cela, des gens qu'ils connaissaient, et Samantha a amené Paul dans la conversation juste pour voir ce qui allait se passer.

Virginia a à peine apprécié le nom au moment où une goutte est tombée.

Il a continué à rapporter la conversation à Samantha, jusqu'à ce que la future Maîtresse se rende compte que Virginia essayait de savoir si elle voyait quelqu'un.

***

Sur le chemin du retour dans la voiture, Samantha ne put s'empêcher de remarquer que Virginia était agitée, inquiète et peut-être excitée en même temps.

Cette foutue répétition gênait la séduction de Samantha, et quand ils rentrèrent à la maison, Virginia sembla perdre son sang-froid et courut dans sa chambre mansardée pour aller travailler.

Samantha lui donna quelques minutes pour se calmer, puis alla au grenier avec une tasse de thé et souhaita bonne chance à Virginie avec son essai.

«Je serai en bas dans ma chambre au cas où tu aurais besoin de quoi que ce soit, chérie.

***

La porte de sa chambre étant fermée, Samantha alluma son ordinateur et exécuta les commandes pour accéder aux caméras cachées qu'elle avait placées dans la chambre de Virginia.

Il regarda Virginia lutter pour se concentrer, taper rapidement quelques phrases dans son essai, puis se lever de son bureau et marcher jusqu'à sa porte.

Attendant près de la porte.

Commencer à l'ouvrir ...

Secouant la tête et se rasseyant.

Zut.

CHAPITRE 11

Samantha a décidé de laisser la fille créer une certaine tension.

Cela lui permettrait de se distraire plus facilement et de la séduire.

Pendant ce temps, elle a ouvert les caméras qu'elle avait placées dans le bureau où elle avait caché Paul.

Comme ordonné, il était complètement nu, assis sur le sol avec un carnet de croquis, pratiquant comment dessiner la forme humaine à partir d'images fixes.

Il n'était pas encore très bon, mais il essayait et elle savait qu'il excellerait dans ce domaine.

Tout le lavage de cerveau qu'il avait fait lui avait donné une attention particulière.

Une approche singulière. Samantha sentit la poussée de plaisir l'envahir quand elle eut une excellente idée.

Il a mis la vue de la caméra sur un autre moniteur et est allé travailler sur son ordinateur sur une version adaptée de son jeu de lavage de cerveau en réalité virtuelle, créé spécialement pour Virginie.

La bonne chose à ce sujet était qu'elle n'avait besoin que du niveau 1 pour accrocher Virginia, et la fille seule continuerait à revenir pour plus à mesure qu'elle terminait son essai.

Samantha a remplacé certaines des suggestions du premier niveau du programme par une instruction de se concentrer sur la tâche de faire cet essai et de bien le faire.

Elle s'est laissée maître des énigmes et a condensé le jeu pour que Virginia puisse ressentir un effet des suggestions dans un court laps de temps.

Maintenant, l'effet de configuration du jeu aiderait Virginia à se vider l'esprit et elle verrait sa concentration s'améliorer considérablement, ne serait-ce que pour une courte période.

Ensuite, je reviendrais pour plus.

CHAPITRE 12

Samantha s'habilla de la tenue la plus fine et la plus transparente qu'elle pouvait raisonnablement porter dans la maison et apporta une autre tasse de thé dans la chambre de Virginia.

Les yeux de Virginia sortirent presque de leurs orbites quand elle vit comment Samantha était habillée, qui lui demanda:

"Comment se passe la répétition?"

"Mal."

«Es-tu stressé chérie?

"Merde, Samantha! Comment diable vais-je faire ça? Je ne peux pas penser clairement. Je suis tellement foutu. Putain, putain, putain."

"Respire, chérie. D'accord. Je te dis quelque chose, j'ai peut-être quelque chose qui peut t'aider. Accorde-moi une heure, et si tu n'arrives toujours pas à te concentrer, descends et frappe à ma porte. Ce sera prêt d'ici là."

"Qu'est que c'est?"

"C'est une surprise! Mais c'est une sorte d'outil psychologique qui peut vous aider à concentrer votre attention. Je l'utilise tout le temps et cela m'aide vraiment. C'est tout ce que je vais vous dire, mais je ne peux pas vous promettre que cela vous aidera, alors tu devrais essayer de te concentrer en premier. Tu peux le faire fille! "

En vérité, la série était déjà terminée, mais Samantha pensait que cette version était plus crédible, ce qui rendait Virginie encore plus vulnérable à ce qu'elle allait faire.

***

Cinquante-trois minutes plus tard, Virginia frappa à sa porte et Samantha lui tendit les lunettes de réalité virtuelle et la fit asseoir sur le bord de son grand lit de chêne.

"C'est un jeu conçu pour aider le joueur à se concentrer sur l'accomplissement des tâches et des objectifs. Il utilise des énigmes pour améliorer l'attention et fournit des indices visuels et auditifs qui aident l'esprit à se détendre. Il a fait des merveilles pour moi. Je l'ai un peu adapté pour Voulez-vous l'essayer ? "

Virginia acquiesça silencieusement et mit ses lunettes.

Le cœur de Samantha recommença à battre dans sa poitrine.

Il se demanda si Virginia prendrait contre le match, si elle s'effondrerait complètement à cause du stress, si elle prenait un trop grand risque et avait juste besoin d'attendre.

Non, c'était bien.

Le niveau 1 avait un très petit effet sur l'esprit, et le pire qui pouvait arriver était que cela ne fonctionnerait pas, auquel cas Samantha ou Paul séduiraient Virginia à l'ancienne dans les lunettes.

Samantha a été soulagée lorsque Virginia s'est relâchée dans le match dans les premières minutes.

Les images et les sons apaisants avaient été l'idée de Paul, une idée que son esprit artistique lui avait fournie, une idée que Samantha savait qu'elle n'aurait jamais eue seule.

C'était trop simple pour son esprit complexe, mais elle devait admettre que c'était élégant.

Quinze minutes plus tard, Virginia quitta la chambre de Samantha, se sentant calme et concentrée, et passa quatre-vingt dix minutes à travailler sans relâche sur son essai pendant que Samantha tripotait son code.

***

Virginia est revenue un peu plus tard, rapportant que le sens de la concentration avait disparu et avait l'air un peu optimiste, voire pitoyable.

Samantha l'a assise et lui a donné un programme adapté, avec une faible dose de lavage de cerveau.

Virginia s'est sentie aussi préparée mentalement que la première fois, mais cette fois elle est revenue dans une heure.

"Ça n'a pas marché?" Demanda Samantha.

"Ça l'a fait! Très bien au début, mais ensuite ça s'est estompé plus vite qu'avant. Cela vous est-il déjà arrivé?"

"Oui, c'est normal, j'ai peur."

"Putain. Qu'est-ce que je fais maintenant?"

"Eh bien ..." dit Samantha, puis secoua la tête.

" Quoi? "

"Hmmmmm ..."

" S'il vous plait? "

"Nous pourrions essayer le niveau 2."

" Quelle est la différence? "

"C'est plus puissant et ça durerait plus longtemps, mais quand ça disparaîtra, vous vous sentirez plus fatigué et confus pendant un moment. Je pense que nous devrions essayer à nouveau le niveau 1. C'est moins risqué."

"Ne disparaîtra-t-il pas plus vite cette fois?"

"Ça pourrait, je ne sais pas. Mais ça le sera probablement. Oui, si je veux continuer à être honnête avec toi."

"Eh bien, combien de temps durerait le niveau 2?"

"Habituellement, je pense à six ou sept heures pour moi, donc c'est probablement la même chose pour toi."

"Avec une approche comme celle-là, je pourrais terminer toute la répétition!"

«En es-tu absolument sûr? Alors tu t'écraseras fort, tu ne pourras même pas rester éveillé. Je vais devoir te surveiller, si ça va.

"Oui, d'accord, ça ne vous dérange pas?"

"Bien sûr que je m'en fiche!"

"Alors essayons."

"Très bien! Nous y voilà pour le niveau 2. Cependant, vous devez refaire le niveau 1. Cela fonctionne par étapes."

"Bien sûr. Faisons-le!"

"Tellement enthousiaste! Mettez ça."

Virginia a mis les lunettes de réalité virtuelle et a pris les contrôleurs qui lui permettraient de résoudre les énigmes.

Samantha a prétendu avoir une idée brillante et a demandé à Virginia de prendre une bouteille de boisson énergisante pour l'aider à rester engagée dans le programme, puis lui a rendu les chèques.

Comme pour Paul, quelques minutes plus tard, le corps de Virginia s'est arrêté et sa respiration s'est ralentie alors que le cocktail hypnotique prenait le dessus.

Samantha ferma les rideaux de la pièce et vérifia le traqueur sur le téléphone de Diana et des autres qui avaient vérifié leurs affaires.

Tous au même endroit, à des centaines de kilomètres l'un de l'autre, là où ils devraient être.

Parfait.

CHAPITRE 13

Virginia a parcouru le spectacle, terminé le niveau un et atteint le niveau deux, où un avatar plus sexy de Samantha a commencé à la guider à travers les énigmes, tandis que les problèmes et la drogue ont ouvert l'esprit de Virginia à de profondes suggestions et à une reprogrammation. .

Virginia était déjà assez impuissante, mais Samantha était prête avec son pistolet paralysant et son rohypnol au cas où les choses ne fonctionneraient pas.

Le spectacle que Samantha avait adapté a conservé de nombreux éléments centrés sur l'esprit que Virginie aurait voulu, pour rendre la fille moins méfiante, mais elle a finalement laissé tomber et s'est transformé en une pure routine de lavage de cerveau.

Pour être prudent, Samantha a laissé Virginia parcourir le deuxième niveau une prolongation complète avant de commencer avec le niveau trois.

Virginia se tortilla et bougea dans son lit au début du niveau trois, mais des problèmes audiovisuels spéciaux éliminèrent le dernier combat de Virginia.

Samantha était agitée et agitée alors qu'elle était assise à son bureau en train de regarder Virginia se faire esclave.

Elle a envoyé un texto à Paul pour qu'il ferme le studio et rentre à la maison, puis après avoir vérifié l'emplacement de Diana, Samantha a enlevé sa culotte et a commencé à se masturber lentement.

Maintenant, il avait toute la journée pour jouir autant qu'il voulait.

***

Dans l'émission de réalité virtuelle, une Virginie sans défense a suivi un avatar nu de Samantha à travers le paysage d'énigmes.

Avec chacun que Virginia rencontrait, une nouvelle partie de son esclave était autorisée à apparaître dans sa personnalité.

Doucement au début, puis presque comme un cri, Virginia commença à réciter le serment d'esclavage à Samantha, les mêmes mots que Paul avait prononcés trois mois plus tôt.

Samantha se réjouit.

Il obtenait enfin ce qu'il méritait en tant qu'être supérieur.

***

Samantha a observé les signes physiques alors que la dopamine inondait le cerveau de Virginia à chaque nouveau puzzle résolu, chaque nouvel aspect de son asservissement lui étant révélé.

Il a laissé Virginia rester longtemps dans l'émission, et après avoir appris sa leçon de Paul, Samantha a posé à Virginia une série de questions destinées à évaluer s'il y avait quelque chose qui pourrait la rendre résistante à devenir esclave, comme il l'avait fait. peur de la nudité pour Paul.

À la fin de la série de questions, Samantha était très heureuse de ne rien trouver qui puisse bloquer la Virginie.

Son nouvel esclave.

CHAPITRE 14

Samantha monta sur le lit et murmura à l'oreille de Virginia:

«Tant que vous me servez fidèlement et bien, votre cœur sera heureux et votre esprit sera complet. Vous êtes maintenant ma propriété. Je suis le propriétaire de votre corps, de votre esprit, de votre âme et de tout ce que vous avez. Je suis le propriétaire de tout ce que vous êtes et de tout. ce que vous serez. Détendez-vous dans mon service. Détendez-vous dans ma propriété. Détendez-vous dans votre vraie nature, en tant que mon esclave. Détendez-vous, détendez-vous, détendez-vous, pour moi. Détendez-vous. Vous êtes maintenant mon esclave. Votre seul but dans la vie est de me servir. "

"Je suis votre esclave," dit Virginia.

"Bonne fillc. Enlevez vos lunettes VR, levez-vous et déshabillez-vous pour moi."

"Oui madame," dit Virginia.

Il chancela un peu, toujours instable à cause de la drogue, mais se déshabilla comme ordonné et prit l'une des positions d'affichage que le spectacle lui avait présenté.

Samantha a donné à Virginia des ordres plus détaillés sur la façon dont elle n'agirait comme une esclave que lorsque personne n'était là à part Samantha et Paul pour le moment, et sur la façon dont elle quitterait progressivement ses autres amis dans sa vie.

Virginia hocha la tête et sourit.

"Attends ici, esclave," dit Samantha.

Il alla dans la salle de bain et revint avec la serviette de Virginia.

Puis il fit allonger Virginia sur le dos sur le grand lit et écarta les jambes.

Samantha ouvrit un tiroir et en sortit un kit d'épilation, et aima appliquer la cire sur les poils pubiens bruns fins de Virginie, qui ne repoussaient jamais.

Samantha donna à Virginia un morceau de bois à mâcher, puis fit hurler la fille en lui arrachant sa tignasse de cheveux en quelques coups rapides.

Le nouveau propriétaire de Virginia caressa la chatte molle de son esclave et sourit.

Sa nouvelle propriété était parfaite.

"Allongez-vous sur le lit et rapprochez vos bras au-dessus de votre tête," dit Samantha.

"Oui madame!" Elle a répondu.

Samantha a attaché Virginia au lit puis bâillonné l'esclave au cas où elle aurait encore un élan de l'esprit libre dont Samantha avait pris le contrôle.

Samantha l'a laissée là, retournant à son ordinateur où elle a vérifié les traqueurs pour découvrir que Paul était de retour, tandis que Diana était encore très, très loin.

Cela a tout résolu.

Samantha sauta sur le lit, puis se laissa tomber sur le visage de Virginia et lui ordonna de commencer à la lécher.

La fille savait ce qu'elle faisait et Samantha flotta bientôt dans le bonheur.

Son plan était aux deux tiers complet et elle possédait maintenant un chaton lutin parfait pour accompagner son mari au foyer volontaire et capable, Paul.

La langue adroite de Virginia jouait avec talent avec le clitoris de Samantha, et Samantha haleta et gémit pour garder l'orgasme à distance aussi longtemps qu'elle le put.

Il la frappa fort et emplit son esprit de lumière et de chaleur effervescentes, et fit picoter sa peau sur tout son corps.

***

Bonne fille, "dit Samantha en sautant du visage de Virginia," maintenant levez vos jambes en l'air et étalez-les. "

L'esclave bâillonné a essayé de dire "Oui Maîtresse" mais ne pouvait pas, et Samantha a ri.

Cette fille était très mignonne.

Samantha a tendu la main à Virginia pour montrer à son nouvel esclave qu'elle aurait autant de plaisir qu'elle lui en donnerait si elle obéissait.

Il fallut quelques secondes à Virginia pour haleter pour son apogée, qui dura trois minutes puissantes jusqu'à ce qu'elle soit complètement épuisée.

Samantha pensa que c'était dommage qu'elle ait eu un orgasme si rapidement.

Elle avait voulu passer plus de temps à explorer le corps de son nouvel esclave.

Pourtant, elle a eu toute sa vie ensemble pour faire ça.

CHAPITRE 15

Samantha a demandé à Virginia quelques autres choses pour vérifier que le lavage de cerveau était complet.

Il a ensuite ordonné à l'esclave lié de s'endormir, en utilisant un mot d'activation implanté par le programme de réalité virtuelle.

Après tout, il avait besoin de continuer cette répétition, et une sieste puissante était ce dont il avait besoin pour réinitialiser un peu son corps.

***

Paul arriva alors que Virginia se réveillait et Samantha fit rejoindre le garçon dans la pièce.

"Paul, maintenant tu agiras comme un esclave devant Virginie ou devant moi, ou les deux quand nous serons tous les deux présents, tant qu'il n'y aura personne d'autre pour voir."

"Oui madame!" dit-il avec empressement.

"Deshabilles toi."

"Oui madame!"

"Paul, Virginie est supérieure à vous. Quand ses ordres ne sont pas en conflit avec les miens, vous les suivrez. Mes ordres ont toujours la priorité. Et vous devez les exécuter."

"Oui madame!"

Samantha sourit alors que Virginia regardait Paul attentivement depuis le lit.

Le garçon était nu aussi vite que l'éclair, et il se tenait fièrement dans une position d'affichage alors que Virginia le regardait et il lui fit de même.

Samantha a ri et s'est énervée.

Il se dirigea vers Virginie, lui caressa les cheveux et la relâcha.

«Tu veux baiser l'esclave Paul, Virginie?

"Oui, s'il vous plaît Maîtresse!"

"Eh bien, tu ne peux toujours pas. Paul, Virginia a une répétition difficile à terminer aujourd'hui et demain. Tu vas la motiver, d'une manière ou d'une autre. Viens ici et laisse-moi te mettre dans ta cage de chasteté. Et ne boude pas, esclave."

«Je suis désolé, Maîtresse.

"Là, très bien. Virginie, maintenant je vais vous déboutonner. Ensuite, vous allez utiliser la salle de bain et faire le ménage, après quoi vous irez directement dans votre chambre où vous vous asseyez à votre bureau et rédigez votre essai. Vous vous concentrerez sur l'essai à l'exclusion de tous. autres choses, sauf aller aux toilettes et manger et boire au besoin.

"Il vous reste quatre mille mots à écrire. Pour chaque millier de mots que vous atteignez, dont vous êtes sincèrement satisfait, je vous donnerai un numéro de la serrure à combinaison qui retient la cage de chasteté de Paul. Quand l'essai sera terminé, je vous le dirai l'ordre dans lequel ces numéros sont saisis. Vous serez alors autorisé à utiliser gratuitement le corps de Paul pendant deux heures en guise de récompense. Diana doit revenir vers sept heures demain soir, donc si vous voulez votre récompense, avec une fenêtre de sécurité, vous devrez finir à quatre heures demain après-midi. Compris? "

"Oui madame!"

"Bonne fille. Mari de la maison, prends Virginie et moi avons un délicieux sandwich et amène-les à l'étage."

"Oui madame!"

CHAPITRE 16

Une fois que Virginia était à l'étage dans sa chambre, écrivant rapidement, avec Samantha la surveillant depuis le lit, le propriétaire de l'esclave a eu le temps de réfléchir à ses plans.

Quand Paul est entré, elle lui a fait adorer sa chatte et son cul pendant un moment, ce qui l'a mise dans son humeur la plus dominante.

Diana était son prochain défi.

La fille était un rappel, et certainement un changement par rapport à de simples soumis comme Virginia et Paul.

* * *

Elle était sûre que Diana était enthousiasmée par Virginia, alors le plan était de sortir Paul tous les week-ends par la suite.

Il prétendrait avoir pris un travail d'entrepôt quelque part à quelques kilomètres de là, travaillant par quarts de douze heures.

Cela laissait Samantha libre de se trouver des excuses: des gens à voir, des endroits à visiter, des recherches à faire, ce qui laisserait Diana et Virginia seules ensemble.

Virginia recevrait l'ordre de séduire Diana, lui demandant de dominer rapidement Diana, puis cherchant un moyen de convaincre Diana d'essayer le programme de réalité virtuelle.

Samantha pensait que cela pourrait suffire à faire en sorte que Virginie la supplie de plaire, mais les motivations de Diana étaient souvent opaques pour Samantha.

Il n'y avait aucune garantie.

* * *

Virginia, pendant ce temps, volait à travers son essai.

Elle a eu deux numéros sur la serrure à combinaison qui la tenait à l'écart de la bite de Paul, et cela n'a pris que trois heures pour le faire.

Samantha a passé en revue son travail et a mis la fille nue sur ses genoux pour lui rappeler l'importance d'une bonne orthographe et grammaire dans un essai formel.

Avec des bleus qui fleurissaient sur ses fesses, elle se remit au travail.

Samantha fit une note mentale pour se souvenir de la facilité avec laquelle le cul de la fille pâle était marqué.

Elle ne pourrait pas séduire Diana tant que ces ecchymoses n'auront pas disparu.

***

Virginia n'a pas fini sa répétition ce jour-là, et après que tout le monde ait mangé le repas que Paul avait préparé pour eux, Samantha a mis Virginia au lit en position de bondage et portait des écouteurs pour lui donner la version endormie de son programme de lessive. cerveau, seulement pour la remplir quand elle s'est levée.

***

Il lui a donné une autre recharge des lunettes de réalité virtuelle le lendemain matin.

Obéissante Virginia a terminé sa répétition avec des heures à perdre et a eu accès à la bite de Paul une fois que Samantha avait vérifié son travail.

CHAPITRE 17

Samantha les fit rencontrer dans la chambre de Virginia.

Elle a fait Virginia enchaîner Paul à son lit, puis le nouvel esclave a joué avec le garçon jusqu'à ce qu'il la fasse jouir sur son visage.

Virginia ne perdit pas de temps à enrouler un préservatif sur sa bite, et alors qu'elle se penchait pour baiser l'esclave, elle se souvint avoir remercié sa maîtresse pour ce privilège.

Elle, comme Samantha l'a deviné, se comportait très bien, elle ressemblait à une experte et avec ce corps athlétique, elle a donné à Samantha tout un spectacle pendant qu'elle baisait Paul à sec.

Après avoir joui, elle est retournée le baiser une deuxième fois au grand plaisir visuel de Samantha.

TROISIÈME PARTIE

CHAPITRE 18

Cela faisait trois mois depuis le jour où Samantha avait asservi Virginie, et cela faisait six semaines que Virginia avait réussi à séduire la charmante et sinueuse Diana pendant que les autres compagnons étaient absents.

Samantha avait passé en revue les vidéos et les enregistrements que ses caméras secrètes avaient faits de Virginie et Diana, et avait informé Virginie sur la façon de construire un profil psychologique de la dernière cible restante.

Samantha voulait utiliser le côté dominant de Diana pour l'aider à contrôler ses deux autres esclaves et toutes les acquisitions futures qu'elle ferait.

Diana serait un excellent sujet de test pour savoir combien d'initiative elle pourrait laisser à ses esclaves tout en les faisant se consacrer désespérément à elle.

Bien sûr, elle pourrait puissamment laver le cerveau de Diana, la transformant brutalement en une soumise complète et très heureuse.

Cela semblait être une opportunité gâchée de ne pas au moins essayer de la transformer en condomme et en esclave.

* * *

Le côté dominant de Diana était très attentionné, pas aussi dur que celui de Samantha, car la seule fois où la Virginie avait dominé Diana, il semblait que son sous-personne appréciait également un style de domination passionné.

Samantha avait travaillé des heures supplémentaires pour mettre sur pied un programme de lavage de cerveau en réalité virtuelle qui montrerait à Diana qu'elle était l'esclave de Samantha, mais que dans cet esclavage, elle aurait l'opportunité de dominer et de nourrir d'autres esclaves.

À cette fin, Samantha avait fait des images 3D de Virginia et Paul avec plaisir avec toutes sortes de formes espiègles, et avait travaillé sur la série, pour s'asseoir aux côtés des segments où Samantha serait présentée comme une maîtresse pour tous.

C'était un programme compliqué et Samantha voulait tester le niveau 1 pour voir quel effet cela pouvait avoir sur Diana.

Diana ne serait pas la plus sage, car les parties sexuelles de la série étaient des flashs subliminaux qu'elle ne verrait jamais consciemment, et le reste était absurde pour renforcer la confiance.

Samantha avait rendu Virginie de plus en plus sûre au cours des six semaines, et Virginia a finalement remarqué le changement et l'a interrogée à ce sujet.

***

Depuis une camionnette à 800 mètres de là, Samantha a regardé les caméras secrètes de la maison pour voir Virginia parler à Diana pour tester le programme.

"Bonjour, mon amant," dit Virginia en entrant dans la chambre de Diana dans un string noir.

"Bonjour, Virginie," dit Diana.

Virginia se dirigea vers le lit et tira les couvertures, révélant le corps nu de Diana.

Virginia retint les bras de Diana et la chevaucha.

Ils s'embrassèrent ensuite passionnément alors que Diana se tordait contre la poigne de Virginia.

Virginie n'a pas abandonné.

Avec un sourire sur son visage, il a utilisé les menottes que Diana gardait attachées à sa tête de lit pour enfermer sa petite amie au lit.

Il a ensuite procédé à réchauffer la blonde explosive en jouant avec sa langue.

Virginia sauta du lit et retira sa culotte, puis fouilla dans le tiroir de la table de chevet de Diana et en sortit le gode qu'elle y gardait.

Samantha a regardé depuis le camion pendant que Virginia donnait à Diana une baise dure mais sexy, avec beaucoup de baisers passionnés et des mots d'éloge pour la belle «esclave» Diana.

Virginia s'assura qu'ils avaient tous les deux un orgasme d'une manière fortuite, puis tira Diana des menottes de bondage et rampa dans son lit pour se blottir à côté d'elle.

"As-tu toujours été aussi douée pour apprivoiser?" Demanda Diana.

"Non! J'ai une arme secrète maintenant!" Virginie a dit

"Intrigant. Vous voulez dire le gode?"

"Non, rien d'aussi évident. Devinez encore."

«Ces pantalons sexy que tu portais avant?

"Pas ça! Bah. Donc tu n'es pas du tout sur la bonne ligne."

"Avez-vous lu un livre?"

"Euh, non, pas vraiment. Je pense que tu te réchauffes un peu."

"Avez-vous regardé des vidéos pédagogiques?"

"Ooh, plus proche, beaucoup plus proche. Mais pas ça."

"Des podcasts?"

"Plus froid".

"J'abandonne!"

"Je joue à un jeu de confiance que Samantha a créé pour moi, avec ces lunettes de réalité virtuelle auxquelles elle et Paul jouent toujours."

"Boringoooo," dit Diana.

"Je le pensais aussi, mais c'est vraiment amusant. Veux-tu essayer?"

"Tu ne seras pas sérieux?"

"Ça ne peut pas faire de mal d'essayer. Pour moi eeeeeeeee? Pleaseorrrr?"

"Euh ..."

"Assez avec, s'il vous plaît, avec du sucre sur le dessus?"

"Je ne sais pas."

"Je porterai mon ancien uniforme scolaire si vous le faites, celui que vous préférez."

Diana toussa, y réfléchit, puis haussa les épaules.

"Ouais d'accord, tu l'as fait. Je jouerai à ton jeu idiot pendant quinze minutes, si tu portes l'uniforme scolaire et les sous-vêtements d'écolière toute la journée jusqu'à ce que Samantha revienne."

"Trente minutes?"

"Je vais vous faire payer une amende."

"Deal, amant. Maintenant, je reviens ..."

CHAPITRE 19

Virginia revint quelques minutes plus tard dans ses lunettes de réalité virtuelle et dans son ancien uniforme d'école, que Samantha n'avait vu que sur les caméras de la maison.

Il pourrait réparer ça une fois qu'ils auraient asservi Diana.

Samantha dut réduire sa respiration en regardant Diana prendre ses lunettes et les mettre.

Il pouvait surveiller à distance le spectacle depuis l'un des ordinateurs portables de la camionnette, et il pensait même que Diana semblait être tout à fait dedans.

Elle a résolu les énigmes en un temps extrêmement rapide, mais fidèle à ses ordres, Virginia lui a fait parcourir le spectacle encore et encore pendant trente minutes.

C'était une routine standard de renforcement de la confiance, beaucoup de renforcement positif et quelques flashs subliminaux qui associaient la positivité aux images de Samantha dominant ses trois colocataires en 3D.

Dans le même temps, l'émission a activé certaines des tendances dominantes de Diana.

Samantha a regardé et observé.

Il avait un excellent programme pour libérer les tendances de soumission, mais aujourd'hui il montrerait s'il pouvait en construire un qui rendrait quelqu'un dominant et suggestible en même temps.

Le test de maîtrise viendrait en premier.

Les lunettes déjà éteintes, Diana se leva et regarda une Virginie souriante, assise près du bureau où un ordinateur exécutait le programme de réalité virtuelle.

Dans la camionnette voisine, Samantha a attrapé les coins de son ordinateur portable pendant qu'elle regardait et attendait.

***

Diana se dirigea vers Virginia, la leva, puis tint les mains de Virginia derrière son dos et l'embrassa.

Diana ne semblait pas pouvoir se contrôler, et bientôt ses mains furent sur le corps de Virginia, la tirant d'un côté à l'autre, autour de la pièce.

La fille blonde a poussé Virginia à genoux, puis l'a prise par les cheveux et lui a fait manger sa chatte jusqu'à ce que son amant la fasse jouir.

"Bonne fille Virginia," dit Diana.

"Merci, madame," dit Virginia.

«J'ai créé de nouvelles règles pour vous, pendant que vous étiez à genoux à me servir. Voulez-vous les entendre?

"Umm ouais amant?"

"Bonne fille. Vous êtes une très belle chose. Regardez-moi pendant que je vous le dis. Règle 1 - tant que ce n'est que nous dans la maison, il vous est interdit de porter des culottes. Règle 2 - Je vous dirai à l'avance quand je veux soumettre, sinon juste Supposez que je domine et que vous me traitez comme tel. Règle 3, quand vous entrez dans ma chambre, vous embrasserez mes pieds pour me saluer, puis vous vous agenouillerez sur le sol, les jambes écartées jusqu'à ce que je vous dise quoi faire. Comprenez-vous? "

"Oui madame!"

"Bonne fille. Maintenant, lève-toi au lit pour que je puisse te baiser comme l'écolière excitée que tu es au fond de toi."

"Oui madame."

***

Samantha devait dire que la série semblait certainement avoir augmenté les tendances dominantes de Diana.

Il regarda sur les écrans la fille blonde dominer la Virginie avec une intensité qu'il n'avait jamais vue, et il continua à regarder Diana emmener Virginie au-delà de tout ce qu'ils avaient fait ensemble auparavant.

C'était comme si elle regardait toujours la même personne, mais concentrée et purifiée d'une manière plus unique, sans autant de bruit mental pour la distraire.

CHAPITRE 20

Samantha les laissa continuer pendant quelques heures, jusqu'à ce qu'elle les voie faire une pause.

Il a profité de l'occasion pour leur envoyer un texto en leur disant qu'il rentrerait tôt.

Elle a attendu d'être sûr qu'ils avaient vu le message texte, puis leur a donné dix minutes pour être décent rapidement, avant de garer le camion dans quelques rues et de rentrer à la maison.

Ses mains tremblaient quand elle ouvrit la porte et fut vue par Virginia qui regardait la télévision dans le salon.

Diana était à l'étage dans sa chambre.

Assise sur le canapé, Samantha essaya la première de ses astuces pour voir si Diana serait plus encline à suivre ses instructions.

Elle lui a envoyé un texto pour qu'il vienne sortir avec eux dans le salon, juste un simple message, une instruction qui pourrait être considérée comme une suggestion amicale.

Diana a couru en bas et a serré Samantha dans ses bras, et s'est jointe à eux pour une séance devant la télévision.

Jusqu'ici tout va bien.

***

Samantha a testé la situation.

Elle a parsemé leur conversation d'instructions et de suggestions, demandant à Diana de changer de chaîne, de volume, de préparer des boissons, de manger, de changer de siège et même d'aller au magasin pour plus de lait quand ils manquaient.

Samantha a fait assez de ces choses aussi pour apaiser ses soupçons possibles, mais dans son esprit, l'expérience avait été un réel succès.

Pour éviter à Diana d'avoir le temps de réfléchir à son comportement, Samantha a trouvé une excuse pour laquelle elle devait sortir à nouveau pendant quelques heures et a ordonné à Virginia de pétitionner Diana autant de fois qu'elle le pouvait.

CHAPITRE 21

Quatre semaines de plus se sont écoulées avant que Virginia réussisse à convaincre Diana d'essayer le niveau 2 du programme.

Quand elle a mis ses lunettes, a bu la boisson énergisante stimulante, a attrapé les conducteurs et a terminé le niveau 1, Samantha a conduit la camionnette aussi près de la maison qu'elle osait et a parcouru le reste du chemin à pied, courant presque avec excitation.

Il entra dans la maison et monta les escaliers.

Puis il attendit que Virginia lui donne le feu vert, ce qui signifiait qu'elle avait enchaîné la Diana sans défense au lit.

Samantha entra dans la pièce sombre, où l'obéissante Virginie avait tiré les rideaux plus tôt, et regarda la fille blonde aux jambes écartées sur le lit, ses lunettes de réalité virtuelle et un contrôleur toujours dans chaque main, avec suffisamment d'espace pour bouger même avec les chaînes qui la maintenaient au lit.

Samantha a envoyé Virginia chercher de la nourriture, puis a demandé à la fille de se déshabiller et de s'agenouiller dans un coin au cas où elle en aurait besoin.

Elle a également convoqué Paul chez elle, et il les a rejoints dans la petite pièce pour regarder le dernier habitant de leur maison devenir.

***

Samantha a attendu dans un silence tendu jusqu'à ce qu'elle pense que Diana était prête à passer au niveau 3.

Elle avait suivi un programme de niveau 2 beaucoup plus longtemps que tous les autres.

Il avait été nécessaire de lui donner une pleine occasion de résoudre des énigmes avec une version sexy et soumise de Virginia.

Puis un autre test avec un avatar dominant de Samantha vêtu de cuir.

Samantha n'était pas totalement satisfaite de la façon dont Diana avait répondu au manuel de niveau 2 avec son propre avatar.

Il y eut plus d'hésitation qu'il n'aurait été commode, et elle essaya de se calmer pour essayer de réfléchir à la façon de résoudre le problème.

Ramener Diana au niveau 2 signifiait qu'il devrait la recharger avec plus de médicaments hypnotiques qui ouvriraient son esprit au lavage de cerveau.

Cependant, trop de ces médicaments seraient très dangereux.

Et le mettre directement au niveau 3 risquait un rejet partiel ou total.

Cela pourrait lui donner beaucoup de rohypnol et lui faire oublier, espérons-le, ce qui s'était passé, mais c'était dangereux.

Ou il pourrait utiliser la force brute et continuer à la soumettre à de plus en plus de lavage de cerveau jusqu'à ce qu'elle tombe en panne.

Samantha eut du mal à se décider et regarda Virginie dans le coin de la pièce.

Pourquoi Diana ne pouvait-elle pas être une conversion facile comme la belle Virginie l'avait été ?

À sa grande surprise, la nymphe nue leva la main pour demander la permission de parler.

"Vas-y, esclave," dit Samantha.

"Maîtresse, je pense que je peux l'aider à la détendre et à lui ouvrir l'esprit."

"Comment ?"

«Si je lui parle, que je l'adore et que j'essaie de la convaincre qu'elle peut encore m'avoir si tu l'as, ça pourrait l'aider.

"Tu veux dire, lui parler dans la vraie vie ?"

"Oui madame."

«Pas dans l'émission?

"Oui madame."

"Vous assimilez donc les mots et les sensations dans votre état suggestif, mais avec un vecteur d'attaque différent. Essayons-le pendant une demi-heure au niveau 2, puis au niveau 3 pendant une demi-heure. Si vous n'obtenez pas de résultats, il est temps de rohypnol et vous pouvez la convaincre que tout était un rêve de fièvre. Paul, amène les ciseaux et aide-moi à couper ses vêtements, et Virginie, prépare-toi à commencer. "

«Oui madame!» Ont-ils dit à l'unisson.

* * *

Virginie nue s'allongea entre les jambes de Diana et commença à caresser sa chatte.

Elle a parlé avec confiance, d'un ton merveilleux et aimant, de la façon dont sa nouvelle propriétaire, Samantha, les laisserait être ensemble, laisser Diana dominer la Virginie pour tout ce qu'elle valait, et n'exigerait rien d'autre qu'une obéissance passionnée et aimante en retour.

Samantha ne pouvait pas voir comment une telle approche non scientifique ferait pencher la balance, mais elle était prête à essayer.

Il n'y a eu aucun changement au départ, mais Samantha a maintenu Virginia, essayant de nouvelles façons d'expliquer les mérites de l'esclavage avec une maison avec deux purs soumis.

Jusqu'au bout de dix minutes, Samantha remarqua le pouls de Diana ralentir et sa respiration s'accélérer et elle semblait moins agitée et plus anxieuse.

Elle a fait un signe de tête à Virginia, qui a convaincu Diana de commencer lentement à accepter le lavage de cerveau.

Si le résultat réussi pouvait être atteint parce que Virginia était vraiment convaincante pour son amant, ou si les dernières défenses de

Diana avaient finalement été surmontées, Samantha ne pouvait pas en être sûre.

Samantha réfléchit quelques secondes, puis tenta sa chance.

C'était le bon moment.

Il a ramené Diana directement au niveau 3 et a regardé son corps trembler alors que les lunettes de réalité virtuelle se connectaient à son cerveau et l'ouvraient au lavage de cerveau.

Le niveau 3 pour Diana était un mélange d'énigmes se terminant par des scènes de Diana se soumettant à Samantha, ou dominant Paul ou Virginie, chacune avec des succès massifs induits par la dopamine, mais plus intenses que lorsque Samantha a testé le programme de domination sur elle-même. .

Samantha a fait parcourir à Diana le long programme de niveau 3, puis lui a donné plus de boisson énergisante mêlée d'hypnotiques.

Elle avait suivi les progrès de Diana et était encouragée par ce qu'elle avait vu.

Elle avait presque les esclaves qu'elle méritait, et l'idée la rendait incroyablement mouillée.

Avec l'aide des mots et de la langue de Virginia, Diana s'était détendue dans le processus et passait à autre chose, mais Samantha voulait être sûre.

Absolument sûr.

Il a immédiatement remis Diana au niveau 3, risquant de conduire la fille trop loin dans l'état hypnotique.

Cela vaut la peine d'être sûr, et Diana avait un esprit fort.

Elle récupérerait.

CHAPITRE 22

Lorsque la deuxième manche du niveau 3 s'est finalement terminée, Samantha a posé à Diana toutes sortes de questions sur son nouveau statut et tout ce qui pourrait entraver son esclavage total.

Elle a épuisé toutes les pistes d'enquête auxquelles elle et ses esclaves pouvaient penser, libérant finalement Diana du lit, mais la gardait enchaînée en lui liant les mains et les pieds avec seulement une petite pièce pour bouger.

Samantha regarda d'un œil critique Virginia et Paul nettoyer Diana, et quand Diana la regarda directement dans les yeux de Samantha et la remercia sincèrement et passionnément pour l'utilisation des deux autres esclaves de Samantha, son cœur sauta un battement.

Samantha a épilé la chatte de Diana, puis a emmené la blonde enchaînée dans sa propre chambre et lui a fait l'amour avec un gode jusqu'à ce que sa nouvelle chatte douce soit bien baisée.

Samantha a enchaîné Diana et Virginia au lit ensemble et a donné à Paul un stimulant pour le garder éveillé, afin qu'il puisse les surveiller pendant qu'elle dormait.

***

Dans la matinée, elle a demandé à Paul de la surveiller pendant qu'elle libérait Diana et la laissait dominer la Virginie, ce qui se passait merveilleusement bien.

Puis un autre cycle de lavage de cerveau et quelques tests supplémentaires, et Samantha a été convaincue.

Diana était à elle.

ÉPILOGUE

Six mois plus tard ...

Samantha a sonné la cloche qui était sur son bureau, et quelques secondes plus tard, Paul s'est précipité et s'est tenu juste à l'intérieur de sa porte, les mains derrière le dos.

Le temps était devenu plus froid à cette période de l'année, et bien que Samantha puisse se permettre toute la chaleur qu'elle voulait, elle avait décidé d'habiller partiellement son esclave.

Il portait une chemise et une veste de majordome sur la moitié supérieure de son corps, et des leggings extensibles transparents sur la moitié inférieure qui montraient sa peau lisse et sa bite asservie.

Il avait tous ses poils pubiens enlevés quand sa peur d'être exposée était passée et il lui ordonnait souvent d'utiliser les douches publiques après ses coups dans la piscine du gymnase pour s'assurer que tous les autres hommes pouvaient voir sa bite et ses couilles sans poils. .

Il lui a dit que cela le faisait rougir à chaque fois.

"Mari de la maison, soyez un être aimant et apportez-moi une tasse de thé. Voyez si Mme Diana et Mme Virginia veulent quelque chose aussi."

Elle écouta Paul, qu'elle considérait de plus en plus comme le mari de la maison, demander respectueusement à ses supérieurs s'il pouvait leur obtenir quelque chose.

Samantha pouvait les voir sur leurs moniteurs, travaillant dur et étudiant autant qu'ils le pouvaient, comme elle l'avait commandé.

Diana portait un corset noir, des bas, des bretelles et des sous-vêtements assortis, tandis que Virginia portait une robe transparente et rien d'autre.

Samantha et Diana avaient accepté de ne jamais la laisser porter de culotte à l'intérieur ou à l'extérieur de la maison, plus jamais.

Virginia avait fait la moue, mais ils étaient vite passés.

Quand le mari revint avec le thé de Samantha, il prit une petite pause pour le boire avec lui sous elle en la mangeant dans son lit.

Et quand il est venu, il s'est réjoui du sentiment paisible de supériorité absolue qu'il ressentait chaque fois qu'il franchissait la porte d'entrée de sa maison.

Son téléphone sonna avec le ton d'un message et il s'abaissa du visage de son esclave, alors que son cœur battait la chamade alors qu'il se demandait si c'était le message qu'il attendait.

Il a dit:

«Je peux y aller aujourd'hui, S? Je pourrais enfin essayer ce jeu qui me rend toujours curieux. R '.

Samantha a rassemblé ses esclaves et les a fait changer en vêtements humains normaux.

Elle avait été un peu jalouse de la proximité de Virginia et Diana, mais elle ne briserait jamais un amour comme le leur, alors elle était partie à la recherche de l'un des siens.

Une autre fille sans famille, une pure soumise qui buvait chaque mot de Samantha, était dûment entrée dans sa vie après une recherche approfondie.

Il semblait qu'aujourd'hui serait le jour où Samantha achèverait enfin sa maison.

FIN

www.ingramcontent.com/pod-product-compliance
Lightning Source LLC
LaVergne TN
LVHW040947150826
845672LV00002B/572

* 9 7 9 8 2 3 0 7 8 7 7 3 0 *